#90秒で恋がしたい

空白代行
@un_underscore

はじめに

八月、汗で腕に張り付く原稿用紙を剥がした。
ペンをスマホに持ち替えた。
撮り溜めていた風景の動画を、親指ひとつでＴｉｋＴｏｋ上に投稿した。
概要欄が空白で寂しかったから、そこにはポエムを綴った。
アルバムの中の綺麗な景色を、誰かと共有したかった。
投稿を続けていくと、段々と「いいね」を貰えるようになった。
それは、液晶の上の親指を喜ばせて、書き綴る文字が増えていった。
長文となったそれは、物語となって幾つものショートショートが生まれた。
そこには、たくさんのコメントと「いいね」が集まった。

いつしか、ひとりで見ていたはずの景色を、みんなで眺めるようになって
いった。
それらをこの度、本にして、出版させていただくことになりました。
これは紛れもなく、ずっと液晶越しに見守ってくださった皆様のおかげで
す。
みんなで眺めた綺麗な景色を、ひとつひとつ90秒で読める物語に収めま
した。
まずはひとつ、読んでみてください。
そこには、恋にも似た、心が動く90秒が待っています。
たったの90秒で、誰かの人生を変えられるとは到底思っておりません。
ただ、生きていれば、目を逸らしたくなることもたくさんあります。

口には出せないこともたくさんあります。

誰にも共感してもらえないこともたくさん抱いてしまいます。

そんなことも、この本を開いているときくらいは、隅に追いやることができたらなと思っております。

本を読むときは、大抵ひとりです。

そんなあなたに、90秒とは言わず、ずっと寄り添っていられたらなと願います。

すべてを読み終えたとき、あなたの見ていた景色がすこしでも変わりますように。

どうか、あなたの中で忘れられない一冊になりますように。

デザイン　荻原佐織（PASSAGE）
イラスト　オカユウリ
DTP　G-clef
校正　鷗来堂

SHORT STORY

恋の白

空

教室の窓際、いちばん後ろの席で、いつも君は空を眺めている。

それはもうドラマのワンシーンのようで、私は教室の真ん中の席から君に夢中だった。

なんとか視界に捉えたくて、いつもプリントを回すときは、スローモーションになった。

君は空に釘付けで、その目は、空に恋をしていた。

高く昇る夏の入道雲のように、私の頭の中は君への好きで埋まっていった。
九月の終わり、朝、教室に入ると、君が私の席に座っていた。
後ろの席の子と話をしている。
私は気づかれないように、ゆっくりと君の席に座った。
ふと、空に目が移る。
「えっ」
私の視線は、空まで届かずに窓ガラスに突き当たる。
窓ガラスには、私の席に座る君が映っていた。
君と目が合って、私の焦点は遠く空へと逃げる。
空は青く、真っ赤な私と喧嘩した。

「はい、席に着いて、席替えするよ」

突然のくじ引きの結果、君はまた同じ席だった。

窓際のいちばん後ろ、そのとなりに私は座っていた。

何度、前髪を整えても落ち着かなくて、そんな私をよそに、やっぱり

君は、空を眺めていた。

その表情は見えなくて、透明で、綿菓子みたいに空のうえを漂っていた。

本番

「なあ、聞いてる？」

今日も後ろの席から、彼の声がする。

わたしが頷かないでいると、すぐに背中を指でつつかれる。

「なあ、ちゃんと台本見てる？」

彼は演劇部だった。

彼はいつも授業中、わたしの後ろの席で台本のセリフをブツブツと唱えていた。

わたしはそれに興味を持ち、話を聞いているうちに彼の練習に付き合うことになった。

今日も彼は、わたしの背中を『ちょん』と指でつつき、無言で紙を差し出してくる。

それは半分に折られた一枚の台本で、授業中だというのにわたしは、セリフの暗記に抜けがないか確認をしている。

彼は何の合図もなく演技を始め、わたしはそれに合わせて文字を目でたどる。

わたしは前を向いていて彼の表情は見えない。

それなのに、彼の声は生き生きとしていて、まるで目の前で演技をしているかのように感じられた。

最近のわたしは、台本を開かなかった。

彼の演技する世界に、目を閉じて入り込みたかった。

「『俺さ、お前のこと好きかも』」

今日の台本は、告白の一場面だった。

「『気付いたら、いつも考えてる』」

風が吹いて、手もとの台本がパタパタと揺れた。

「『今だって考えてる』」

先生の声も、みんなの教科書をめくる音も、どこか遠くへと吸い込まれていく。

「『なあ、聞いてる?』」

わたしは目を閉じて、まるで自分に言われているようにセリフに耳を傾けた。

「『こっち向けって、なあ』」

突然、背中に熱が走って、わたしのまぶたが勝手に開いた。

彼の指先が、わたしの背中に当たっていた。

「ごめん、台本見てなかった」

振り返ると、彼が真剣な顔をしてわたしを見ていた。

「見なくてもだいじょうぶだよ、全部アドリブだから」

彼はそう言って、指で鼻を擦った。

手もとの台本に目をやると、そこには『付き合ってほしい』とだけ、手書きの文字が書かれていた。

「これって、本番?」

そうわたしが訊ねると、彼は「うん」と頷いた。

「俺と、付き合ってほしい」

その言葉に、演技はひとつもなかった。

「よろしくお願いします」

わたしはそう口にして、机に顔を伏せた。

チャイムが鳴って、教室はざわめきに包まれた。

恥ずかしくて顔を上げられないわたしの背中に、また『ちょん』と指先が当たった。

「今日からさ、俺のこと、下の名前で呼んで」

それはまるで『恋』という漢字のはじまりのように、やわらかい『ちょん』だった。

知ってる？

「桜の花びらを三枚、掴めると恋が叶うらしいよ」

そう言って彼女は、桜の木の下で手を伸ばしていた。

校庭に風が吹いて、彼女のポニーテールがゆらゆらと揺れた。

俺も踵を上げて、宙を舞う桜の花びらに手を伸ばした。

「勝負は一回」

そう言って彼女は、手のひらを開いた。

彼女の手のひらの中には一枚だけ、桜の花びらが入っていた。

俺の手のひらの中にも、一枚だけしか花びらはなかった。
「一枚だと、どうなるの？」
そう俺が訊くと、彼女は、「頑張れば、叶うらしい」と手のひらを閉じた。
彼女の頭の上には、一枚の桜の花びらが載っていた。
俺はそれを見て「二枚だったら、どうなの？」と訊いた。
彼女は顔を上げて「邪魔者が入るんだって」と言った。
それはまるで、俺のことを言っているようだった。
彼女には、俺ではない別の好きな人がいた。
そのことは、彼女の親友から聞いた。

それでも俺は、彼女のことが好きだった。

それを今日までずっと、言い出せずにいた。

風がまた吹いて、俺は手を伸ばした。

彼女の頭の上の花びらを、そっと手のひらで包んだ。

彼女が「え、なに」と言って、頭を振った。

「実はさ、ずっと好きだった」そう俺は、頑張って口にした。

俺の耳が、赤くなるのがわかった。

彼女はそんな、俺の顔を見て、「私も好きだった」と言った。

俺は「えっ」と、彼女の目を見つめて、彼女の親友から聞いた男の人の名前を口にした。

彼女は、ほほを赤くして「それは、推しのアイドルだよ」と笑った。

俺は「勘違いしてた」と笑って、手のひらを見つめた。

そんな俺の手のひらには、二枚の花びらがあった。

「これで、三枚」

彼女はそう言って、両手で俺の手のひらを包んだ。

「これは、勘違いではないね」

風が吹いて、桜が舞った。

ふたりのほほを、ピンク色が掠めた。

メイク

はじめて、リップを塗った。

学校ではメイクが禁止だったから、金曜日の夜に、家でリップを塗った。

ツヤツヤと光り輝くリップグロスも重ねて、くちびるをピンク色に光らせた。

鏡に映る私の顔は、スマホの中で加工をつけたときの自分のようで、口角が自然と上がっていた。

明日のデートはこれで行こう。そう表情が明るくなった。

さらにリキッドファンデーションを指にのせて、ほほに広げた。

まぶたのきわにアイラインを引いて、中央にはラメをのせた。

推しのアイドルのメイクを真似して、さらにメイクを濃くした。

私の顔は、加工をしているときの顔よりも可愛くなった。

明日は、彼氏とのはじめてのデートだった。

彼氏とは、親友の紹介で知り合った。

私たちは、お互いに違う学校ということもあって、スマホの中でしかまだ話をしたことがなかった。

たまにするＬＩＮＥのビデオ通話で、顔を合わせることはあったけれど、それは盛れるエフェクトを付けた、偽りの自分だった。

だから、加工のない素顔を明日、彼に晒すことが怖かった。

ガッカリする彼の顔が、脳裏に何度も浮かんだ。

私は、鏡の前であらためて笑顔を確認して、お風呂に向かった。

メイクを落とし、浴室を出た。

慣れないことをした私は、眠気に襲われて、そのままベッドに倒れ込んだ。そして、眠りに落ちてしまい、数時間後、スマホの振動で目を覚ました。

アラームと間違えてタップした画面には、彼の顔が映っていた。

それは、アラームではなく彼からのビデオ通話だった。

私は、画面の中で彼と目を合わせてしまい、あわててスマホを床の絨毯に投げた。

突然のことで、私はお風呂上がりの素の顔を晒してしまった。

私はもう、スマホを覗くことができなかった。

スマホからは、彼の『だいじょうぶ?』という声がしていた。

私はそのまま何も答えずに、ベッドのうえで身体を縮こまらせていた。

しばらくすると、彼の声が聞こえなくなった。

私は、恐る恐るスマホを覗いた。

画面は暗くなっていて、彼との通話は切れていた。

そして、トーク画面には『すっぴんかわいすぎ、もう画面みていられない』とメッセージが来ていた。

私はほほを緩ませて、彼とのトーク画面をスクショした。

それを私は、布団の中で眺めながら眠りについた。

翌朝、私はリップだけを塗って待ち合わせ場所に向かった。

できるだけ素に近い顔で、彼と会うことにした。

待ち合わせの二十分前には着いて、ショーウインドーのガラスに映る自分の顔を何度も確認した。

すると、肩をトントンと叩かれた。

振り返ると、彼が立っていた。

「かわいすぎて、声掛けるの緊張した」

彼は、切り立ての髪を触った。

私は視線を外し、

「そっちこそ、かっこよすぎでしょ」って、つぶやいた。

そして、私の口角は、これまでにないくらいに緩んだ。

「そのリップの色、かわいいね」

そう言って彼は手のひらを差し出した。

「行こうか」

「うん」

私はそこに右手を重ねて、足もとの影をひとつに繋げた。

そして、すべての不安を振り払うかのように、大きく揺らした。

イヤホン

授業中、俺はいつも音楽を聴いている。
帰り道も、休み時間も、イヤホンで音楽を聴いている。
俺なんかにクラスメイトは、話しかけてこようとはしない。
俺と話すと、変な奴の仲間と思われて嫌われてしまうから、誰も近づこうとしない。
それでよかった。
俺は、歌詞以外には言葉を必要としていなかった。

そんなある日、転校生がやってきた。

こいつがまた不運なことに、俺の前の席だった。

『なにきいてるの？』

そいつは、俺の机にシャーペンで文字を書いた。

『ねえ、きいてる？』

もしかするとこいつは、転校してきてからずっと俺に話しかけていたのかもしれなかった。

俺はいつもイヤホンをしていたから、それに気づかなかった。

『いつも、なにきいてるの？』

無駄に文字がきれいなのがまた気に障った。

『なんのうたきいてるか、かおをみればわかるよ』
俺は相変わらず、無視した。
それでもそいつは懲りずに、俺の机に落書きを増やしていった。
『そのうた、どんなうた？』
『ほかのアーティストはきかないの？』
『こんどあるライブいくの？』
俺は段々と、答えたくなっていった。
ある日の授業中、俺はついに筆談で答えた。
『きいてみる？』と。
彼女はすこし迷って、『きかないよ、みているだけでいいの』と、きれいな文字で答えた。

それ以来、俺たちは筆談で会話を増やしていった。

いつも彼女は『いまきいてるのは、どんなうた？』と訊いてきた。

俺はその度に文字で答えた。

『森の中で、クマが目覚めたときに吸う春の空気のよう』とか、『川の魚たちが、いっせいに泳ぎ出したときのよう』とか、彼女はいつもそれを読んで、シャーペンをほほに当てて微笑んだ。

ある日の放課後、俺はついにイヤホンを外し、彼女に話しかけた。

「あ、あのさ」

彼女は前を向いたまま、振り返らなかった。

無視された。恥ずかしかった。
俺はあわててイヤホンを耳につけて、机に顔を伏せた。
来月、いつも聴いている歌手のライブがある、それに誘おうとした自分を恥じた。
やっぱり、人と関わるのはやめよう、そう思った。
すると、肩をトントンと叩かれた。
顔を上げると彼女が「どうしたの?」と、口を動かしていた。
首を傾げる彼女と目を合わせ、俺は、ううん、なんでもない、と首を横に振った。
彼女は耳に手を当てて「だいじょうぶ、きこえるから」と、口をパクパクと動かした。
そんな彼女の耳には補聴器がついていた。
俺は、あわててペンを持ち文字を書こうとした。
すると彼女は、俺の手を掴んだ。
「だいじょうぶ、つたわるから」と、口を動かした。
俺は不思議と、彼女の言葉が読み取れた。
たとえそこに音がなくても、伝わってきた。
そして、俺は口を動かした。
「こんど、いっしょに、ライブ、いこう」と。
彼女はそれをしばらく見つめて「いいよ」と頷いた。

音のない声でそう言った。

確かめるように俺は「ほんとに?」と、口を動かした。

彼女は微笑んで「うん、すきだからね」と口を動かした。

俺の耳には、「すき」という音だけが響いた。

俺はその音に導かれるかのように「おれのこと?」と、音のない告白をした。

彼女が手を伸ばし、俺の耳に触れた。

「うん、そうだよ」

俺の心臓が高鳴って、彼女が微笑んだ。

「おれも、すき」

瞬間、俺たちの心臓は共鳴して、聴いたこともない音のハーモニーが、ふたりの中に流れた。

チャイムが鳴って、俺たちは見つめ合い、ふたりにしかわからない言葉で「それならさ、」これから先の約束を、幾つも交わした。

ヒーロー

授業中、お腹が鳴った。
教室にいる誰もが、私のほうに目を向けた。
私は恥ずかしくなって、机に顔を伏せた。
もう、顔を上げることができなかった。
すると突然、となりの席の男子が声を上げた。
「やべ、お腹鳴った」
しばらくの沈黙のあと、みんなの笑い声が教室中に響いた。

私はゆっくりと顔を上げた。

教壇に立つ先生までもが笑っていた。

「ほらあ、みんな静かに。正直者は、先生好きだよ」

みんなが笑みを浮かべる中、私は恐る恐るとなりの彼に目を向けた。

彼は前を向いたまま、みんなと一緒に笑っていた。

となりの席の彼とは、あまり話したことがなかった。

彼はいつも授業を熱心に受けていて、成績トップの優等生だった。

だからこそ、大声を出してまで私を庇ってくれたことが意外だった。

「さっきはありがとう」

私は勇気を出して、休み時間に話しかけた。

「何のこと?」

彼は眉間にシワを寄せて、口角を上げた。

彼の表情は、いつもに増して、何を考えているのかわからなかった。

私は「ごめん、何でもない」と言って、目を逸らした。

翌朝、また私はお腹を空かせていた。

私はここ数日、朝ごはんを食べていなかった。

期末テストが近いから、夜遅くまで勉強をしていて、朝起きるのが遅くなっていた。

私はまた、お腹が鳴ってしまわないか不安だった。

教室に入ると、私の机の上に何かが置かれていた。

それは、ひと口サイズのチョコだった。

視線を感じ、となりを見ると、彼が私を見て微笑んでいた。

「チョコは、食欲を抑えるらしいよ」

そう言って彼は、細くて長い指を私の机の上に向けた。

私はチョコを手に取って、包み紙を剥がした。

口に入れると、やさしいミルクの甘さが口の中に広がった。

おかげでその日は、お腹が鳴ることはなかった。

私は放課後、また彼に話しかけた。

「チョコ、ありがとう」

彼は微笑んで「甘いのは好き？」と、首の後ろを右手で掻いた。

「うん、好き」

私がそうつぶやくと、彼は「実はさ、近くに美味しいクレープ屋があって、そこに行くの付き合ってくれない？」と前髪を押さえた。

私が唖然としていると、彼は席を立って「ひとりじゃ、入りづらくてさ」と鞄を肩に掛けた。

私は、高鳴る心臓を左手で抑えて「意外と、甘いもの好きなんだね」と笑った。

「意外かな？　チョコに含まれるカカオポリフェノールには、記憶力を高める効果があると言われているからね」と彼は、得意げに鼻を指で擦った。

そして、鞄の外ポケットからチョコを取り出して「ほら、もっと食べな」

そう言って私の手のひらに、チョコを載せた。

私はチョコを口に含んで「なんでも、知ってるんだね」って笑った。

彼もチョコを口に含んで「なんでもは知らないよ。まだまだ、知りたいことだらけだよ」って私を見つめた。

「これ食べてさ、今日のこと、忘れないようにしないと」

そんな彼の視線に、私の心臓が高鳴った。

彼の忘れたくないことは、今日の授業の内容なのか、それとも……

「ほら、行くよ」

さっき口にしたチョコの糖分のおかげか、その答えは明確だった。

私は、彼が誘ってくれた、忘れられない放課後に駆け出した。

一番

「告白の返事は、夏の大会が終わってから」って言われた。
彼はひたすらに、五十メートル走のタイムを縮めようと走る。
けれど、私からの好きは先延ばしにする。
好きという感情には賞味期限がある。
それは、外に放置されればすぐに腐ってしまう。
私は、夏の大会の前に、ふたつ上の先輩に告白をされて付き合った。
いつまでも待たせる彼を、嫉妬させたかった。

「話したいことがある」

六月の終わり、陸上部の彼が、自転車のうしろをついて来た。

相変わらず足が速く、追いつかれた私は、仕方なく自転車をとめた。

走り疲れて息が上がる彼にジュースを奢ってあげた。

それを受け取った彼が、炭酸を吹きこぼして、河川敷から転げ落ちるから、私はお腹を抱えて笑った。

彼も笑って、私たちは久しぶりに手を取り合った。

彼は、制服を拭きながら言った。「転校することになった」と。

彼は「夏の大会は、出られそうにない」と落ち込んでいた。

私は、そんなことよりも告白の返事が聞きたかった。

だから、私の方から告げた。

「告白の返事は、もういらないよ」って。彼はすこし驚いた顔をみせて、

手にしていたタオルを足もとに落とした。

私は「もう他に、好きなひとできたからだいじょうぶ」と言った。

彼は「ごめんね」とちいさく謝って、タオルを拾った。

私たちは靴紐を解くように、約束を解消した。

「じゃあね」遠く橋の上から彼が、黄色のタオルを振っていた。

それをみて私は、幼い頃に彼と交わした約束を思い出していた。

『大人になったら、結婚しよう』

あの頃はまだ、幼すぎる恋心だった。

私は、足の速い彼に恋をしていた。

『ぼくが一番をとったら、結婚してくれる?』

そのときに、約束の印にって、渡したのが黄色のタオルだった。

『これを使って、わたしのために一位とってよ』

彼はいつもそれを持ち歩いて、決まって別れ際には、そのタオルを振っていた。そんな彼は、もういなかった。

夏が終わり、私は先輩と別れた。

それから二年間、転校した彼のことを忘れることはなかった。

卒業式の日、私はテレビのニュースで彼の姿をみた。

画面に映し出された彼は、歓声の中、汗にまみれた満面の笑みで、カメラに向かって手を振っていた。
『一位、獲ったよ』彼の首には、金色のメダルと黄色のタオルが掛かっていた。
私は、テレビを消して、家を飛び出した。
涙を流し、ひたすらに走った。
あの日、約束を取り消した河川敷に向かって、走っていた。
彼は、そこにいた。タオルを広げて立っていた。
私はゴールテープを切るように、彼の胸に飛び込んだ。
「遅いよ、りえ」彼はそう言って、私のほほにタオルを当てた。
「二番だよ」彼は言った。彼の薬指には指輪がついていた。

私は、それをみてつぶやいた。

「遅かったね、私」

彼は「ううん」と首を横に振って、ポケットから箱を取り出した。中には、彼の薬指のリングと同じ、銀色が光っていた。

「結婚しよう」私の薬指に、指輪が通った。

「りえの一番は、俺だよ」彼はそう言って笑った。

「ほらいくぞ、二番」彼は走り出す。

私は「二番は嫌だよ、一番がいい」って、追いかけた。

「じゃあ追い抜いてみろよ」

「むりむり、はるきは速いから」

十年経ったいまでも、私はやっぱり足の速い彼が好き。
私たちは立ち止まり、肩を寄せ合いかがみ込む。
そして、もう解けないようにと、靴紐を結び直す。
「これはゴールじゃないよ、スタートラインに立ったんだよ」
彼は立ち上がり、私に手を差し伸べる。
私は笑みを浮かべ、彼と固く手を繋ぐ。
十年越しの誓いが、ふたりの姿を輝かせてみせた。

消しゴム貸して

となりの席の子に消しゴムを借りた。

返すとき少し嫌な顔をされた。

角を使ってしまったから、って無理やり思い込んだけれど、あの子の消しゴムは綺麗な曲線だった。

僕は、チャイムが鳴るまで机とおでこを離せなかった。

となりの席になれた日の帰り道は、いつもより多く立ち漕ぎした。

けれど、いざとなりになると、なかなか見れないし、音読もおんなじ

ところを二回読んでしまうし、こっそり飴を食べているのに気づいて、転がしながら膨らむほっぺが可愛くて、よそ見していたら先生に怒られるし、となりって大変だった。

そして僕はまた、消しゴムを失くす。

「消しゴム、借りていい？」

こっちを見ることなく、肩までの髪の毛先をさやさやと揺らし、消しゴムを投げつけてきた。

「ありがと」返すとき、目が合ったけれど、眉間にシワが三本あった。

たぶん睨まれた。

家に帰り、宿題を済ませ、アーモンドチョコの箱を引き出す。

ひよこみたいに粒が揺れて、あの子の睨む丸くて大きな黒目を思い出す。ほんとのことをいえば、わかっている、睨まれた理由。

脱がしてしまった、あの子の消しゴム。

引き出された真っ白な心臓には、油性ペンで秘密が書かれていた。

『スキ』の二文字と僕の名前。

僕はほほに、アーモンドチョコを詰める。

そういえば、落として失くしたふたつの消しゴム、どこに行ったのだろう。

「そんな、まさかね」

その日見た夢の中で、あの子のほほは、やっぱり膨らんでいた。

夏休み

『夏休みの宿題、終わったら会おう』

彼との約束は守れそうにない。

バルコニーから冷たい秋の気配がした。

『宿題、終わらないかも』

句点の代わりに、口がへの字の絵文字にするか、ビックリマークにするか、笑いを添えるか、彼の横顔を想像しながら、繰り返し親指が液晶の上を跳ねていた。

バルコニーに続く隣の部屋から聞こえる家族の会話。

音楽で耳を塞ぐまでもない音量のテレビの声。

遠くからスクーターの鈍い音がして、寝室の窓に吊るされた風鈴が揺れた。

麦茶の中で氷が溶けてグラスを鳴らし、開いたままの辞書が風でサラサラとめくれた。

彼に、告白された日のことを思い出していた。

裸足で歩くフローリングはひんやり冷たくて、腕を伸ばし、吸い込む夕方の空気もすこし冷たかった。

やっぱり、さっき送った文の最後を句点にしたのは、冷たかったかな。

彼への想いが氷のように溶けてゆく。
夏が終わる。恋も終わる。結局、宿題も終わる。
どうせ、恋にも季節にも、あきはくる。
いっそのこと、夏なんて終わらなければいい。
夏よ、あたしを置いてゆけ。
いつまでもシャーペンは芯を出すことなく、机の上を転がっていた。
とっくの昔に終わった宿題の上で、夏の風に吹かれながら。

二人三脚

体育祭、プログラム四番、二人三脚は男女ペアだった。
私のとなりには、絶賛片思い中の彼がいた。
先生が彼と私の足首を寄せて、紐で固く結んだ。
号令もまだなのに彼は、私の肩を抱き寄せて「いちばんになろうね」って微笑んだ。
私は、もう夏も終わりかけだというのに、ほほを桜みたいなピンク色に染めていた。

「靴紐、解けてるよ」

彼が、私の足もとを指差して言った。

私が慌てて靴紐を結び直そうとすると、「まかせて」と彼もしゃがみ込んで、靴紐を結び直してくれた。

「これで、だいじょうぶ」と言って、立ち上がる彼の頭からは、シャンプーの匂いがした。

彼には、彼女がいた。

付き合ってまだ一ヶ月目の彼女が。

視線を上げると、テントの奥にその彼女がいた。

こっちを睨みつけて、何か口を動かしている。

「転けろ」とでも言っているのだろうか。

誰が転けるか。

私は彼と目を合わせ、ゴールに向かって走った。

私が彼を幸せに導いてみせる。

そう思いを込めて、彼とゴールテープを切った。

一番だった。

けれど彼は、すぐに紐を外し、彼女のもとに駆け寄ろうとした。

私は、彼の体操着を掴んで「待って」と、止めた。

「どうしたの？」と彼は、私の目を見て言った。

私は手を離して、「靴紐、解けてる」と言った。

彼の足もとにしゃがみ込んで、彼の靴紐を固く結んであげた。

「ありがと」

彼はそう言って、彼女のもとに走り出して行った。

私は立ち尽くした。

追いかけることはせずに、

「いちばんになれたのに」ってつぶやいた。

私の視線の先で『2番』と書かれた旗が、切なげに風に揺れていた。

——またあとでね。

彼は、無邪気な笑みを浮かべてそう言った。

私は、二番目になるつもりはない。

彼の足もとを見つめて、

「もう解けないでね」

私は、彼の幸せを願った。

足首にはまだ、紐で巻かれていた痛みがじんじんと、ピンク色に熱を持っていた。

月曜日

放課後、好きな人が車に轢かれた。

私を庇っての事故だった。

彼の額には傷ができ、真っ白な綺麗な肌には、真っ赤な血が流れた。

「ぜったい痕になる」

私は涙ながらに、ハンカチで傷を押さえた。

「気にすんな、ヒロインを守る主人公の顔には、大抵キズがあるから」って彼は、笑ってみせた。

アスファルトにひざをつき泣きじゃくる私を、彼はそっと抱き寄せて「だいじょうぶ」、耳もとでそうつぶやいた。

彼の呼吸する音だけが、私の鼓膜を支配していた。

遠くから聞こえる救急車のサイレンの音。人のざわめきと小さな悲鳴。

スマホのシャッター音。

すべての音が遠くなって、彼の声だけになる。

「俺と、付き合ってほしい」

ずっと待ち望んでいた、彼からの告白。

突然の言葉に、私の胸は高鳴り、息ができなくなる。

「死に際にならないと告白できないなんて、だっせえな、俺」

彼は口角をすこしだけ上げて、目を閉じた。

「ねえ、目、開けてよ」

彼の頭が私の肩のうえで重たくなる。

「ワンピースの最終回、いっしょに読もうって約束したじゃん」

彼の手を、強く握りしめる。

「私との約束、たくさん置いていかないでよ」

彼のほほに、私の手のひらを当て、好きな人の温もりを肌で感じる。

「まだ、告白の返事、してないよ」

彼の目がかすかに開き、「じゃあ、聞かせて」

消えそうな声で、そうつぶやく。

「いや、教えない、返事は来週の月曜日」

「はあ、ジャンプかよ」

彼が笑って、目尻から涙がこぼれる。

「ねえ、すこしだけ、ネタバレしてあげる」

私は彼と目を合わせ、はじめてのキスをする。

彼は笑って、私の離れていく唇に、そっと指をそえた。

「俺、いま、すっごく幸せ」

彼は微笑んで、『あいしてる』

そう、音のない声でつぶやいた。

そして彼は、眠るように、私の腕の中、幸せそうに目を閉じた。

飛行機雲

彼女が明日、転校する。

僕らは放課後、河川敷で空を眺めていた。

「明日は、雨だよ」

彼女は、飛行機雲を指差してそう言った。

飛行機雲が空に長く残ると、明日は雨らしい。

「あんなに綺麗なのに、雨の暗示だなんて悲しいね」

そう僕がつぶやくと、彼女は笑って「私、雨の日嫌いじゃないよ」と言っ

た。

僕たちが仲良くなれたのは、雨のおかげだった。

紫陽花が咲き誇る、高校一年の梅雨に入る時期に、僕は偶然彼女を見かけた。

学校の帰り道、折れて使えなくなった傘を引きずる彼女が、僕の前を歩いていた。

僕は傘を閉じて、彼女のもとへ走った。

「これ、使う？」

僕がそう後ろから声を掛けると、彼女は振り返って「ううん、濡れたい気分だから」と言って、目を逸らした。

僕は傘を開き、そんな彼女の横に並んだ。
「なんか、嫌なことでもあった？」
そう僕が彼女の顔を覗き込むと、彼女は涙を浮かべて「うん、ちょっとね」と言った。
それから彼女は「学校でいじめられている」と打ち明けてくれた。
それ以来、彼女とは、晴れの日も雨の日も一緒に帰るようになった。
そして僕は、雪の降る冬の寒い日に、彼女に告白をした。
「僕と、付き合ってほしい」と。
すると、彼女は俯いて「嬉しいけど、もうすぐ私、転校するの」と言った。

それでも僕は、彼女の手を握った。

「遠距離になっても、気持ちは変わらないよ」

と僕は言って、彼女と付き合うことになった。

それから三ヶ月が過ぎて、彼女が転校する日がやって来た。

いつもふたりで歩いた河川敷で、僕らは空を眺めていた。

「明日だね、転校」

「うん。ここから四百キロも離れてしまう」

「遠すぎるよ」

「ほんとだね。でもさ、きっとどこに行っても、空は同じ空だよ」

彼女は空を仰ぎながら、目を閉じて言った。

「だからさ、寂しくなったら空を見る」

彼女のそんな言葉に、僕は頷いて空を見上げた。

「寂しくなったら、会いに行くよ」

僕は、掠れゆく飛行機雲を見つめてそうつぶやいた。

今日の天気予報は晴れだった。

それなのに僕は、傘を持って来ていた。

僕は傘を開いて、彼女の横に並んだ。

「まだ早いよ」

彼女はほほを赤くして言った。

「だって、濡れてるよ?」

そう言って僕は、彼女のほほを水色のハンカチで拭った。

「雨じゃない、泣いてるの」

彼女の涙が、ほほの上で掠れた。

僕のほほにも、真っ直ぐで透明な線が引かれた。

それは途切れることなく、彼女の指に染み込んでいった。

バレちゃう

放課後、先生に前髪を切ってもらった。

緊張で熱い私のおでこに、先生の中指が当たれば、私の好きがバレてしまう、そんな気がして強く目を瞑った。

今日の頭髪検査は先生だと知っていた。

一ヶ月伸ばした前髪も、先生との距離を縮めるためだった。

「じゃあ、先生が切ってくださいよ」

冗談で言ったら、ほんとに切ってもらうことになった。

先生はそもそも頭髪検査が嫌いらしい。

生徒の身だしなみにまで教育を持ち込みたくないって。

「目、閉じて」

先生の人差し指と中指が、私の前髪を挟む。

教室には先生と私、ふたりきり。

遠く不器用なトランペットの音が鳴る。

「切るよ」

冷たいハサミがシャキッと毛先を落とした。

鼻先に髪の毛がついて、ううって眉間にシワを寄せると、先生が声を出して笑った。

目を開けると、先生の人差し指の柔らかい所が、ちょんと、鼻先に触れた。

何かのスイッチを押されたみたいに、私の身体は停止した。

「一重、なんだね」

その声は、授業中に聞く整った声ではなく、異性らしい低く儚い声だった。

「奥さん、一重でしたね」

「やっと、目が合った」

繋がることのないこの恋を、私はいつまでも切れずにいる。

先生は、机の上の銀のリングを手にとり、きゅっと薬指に通した。

月

別れ話をしたあと「桜を見に行きたい」って彼が言った。

雨上がりの夜のことだった。

別れたあとなのに、終電を逃した私たちは、必然的に一緒に朝を迎えることが決まっていた。

このままバイバイだなんて、どこか寂しかったし、私は「すこしくらいなら、咲いてるかもね」って、提案にのった。

コンビニに寄って、缶チューハイを買った。

首都高の下を並ばずに歩いて、公園に向かった。

桜はもうほとんど散っていて、オレンジ色の街灯が、桜の木の下に濃い黒い影をつくっていた。

ベンチに腰掛けて、彼が缶チューハイを開けた。

プシュッと音が公園に響いて、私たちは乾杯をした。

彼は足もとの砂を蹴りながら言った。

「地面に落ちた桜の花びらも、なんかきれいだね」と。

足もとをみると、桜の花びらがピンク色の絨毯をつくっていた。

さっき降った雨の水溜りと混じって、きらきらと輝いてみえた。

私は「なんか、またすぐに連絡してしまいそう」と、口に缶を当てながら言った。

「それでも俺は、返さないよ」って、彼は缶を揺らしながら言った。

「もう私のことなんか、すぐに嫌いになるんでしょ」と、私はつぶやいて、缶の中身を一気に空にした。

彼は「終わったあとこそ、きれいでいないと」って、立ち上がり、暗くなった桜の木に手を伸ばした。

私も立ち上がって「ほらみて、あそこ、ひとつだけ咲いてる」って、桜の木の枝を指差した。

彼は桜の木を見つめて「ええ、あれ月でしょ」って、片目を瞑った。「ええ、ぜったい桜だよ」って、私はその場で飛び跳ねた。

酔った両足がうまく着地をせずに、彼の肩に寄りかかった。

「つきだよ」彼は言った。

「つき」もう一度言った。

私の目をみて「つき」と。

自分に言い聞かせるように、私も「つき」と、言った。

それは、聞き間違いかもしれなかったけれど、確かに、夜の真っ暗な公園には「すき」と、声だけが響いていた。

「散ったあとだからこそ、きれいな月の顔もみれたよな」って彼は、二本目の缶チューハイを、プシュッと開けた。

私はその開けたての彼の缶に、空の缶を当てて笑い「散ったあとにみえる『すき』が、いちばんきれいだね」って、夜空を見上げた。

「そうだな」って彼は微笑み、私のほほに、ぬるくなった缶を当てた。

それから日が昇るのをふたりで眺めて、行き先の違う始発を迎え、駅のホームで、手を振って別れた。

花火

「俺たち、別れよっか」
ハンドルを握る彼が、そう口にした。
車は渋滞の中にいた。
私は「そっか」と口にして、口もとにあったスタバの紙ストローを甘噛みした。
彼の顔が、まえの車のテールランプに照らされて赤く染まった。
彼はいつも涙を堪えるとき、顔が赤くなる。

はじめて私が、彼に告白したときも、彼は顔を赤くしていた。

あのときも確か、同じように車は渋滞していた。

うしろの席には私の後輩が乗っていて、私はミラー越しに後輩が眠るのを待って、彼に告白をした。

彼からは何度も告白を受けていた。

その度に私は「ごめんね、友達のままがいい」と断っていた。

それでも彼は、友達を交えたドライブに誘ってくれて、三人なら、四人なら、と誘いに乗るうちに、私は彼に惹かれていった。

告白の決め手は、ドライブ中の彼の姿にあった。彼はどんなに渋滞していても、嫌な顔をひとつもせずに、ずっと笑顔だった。

私が眠ってしまうと、必ずブランケットをひざにかけてくれていて、私はよく寝たふりをした。

あるとき彼は、私の寝顔を眺めて言った。

「このままずっと、青にならなければいいのにな」って。

そのときに私は、寝たふりをやめて「これからは、ふたりで、どこかに行きませんか？」と、彼に告白をした。

彼は「はい」と頷いて、顔を赤くした。

それから彼とは、至る所にドライブに出かけた。思い出を増やすと同時に、白地図は色で埋まり、行き先は少なくなった。

やがて、ドライブに誘うことが、互いになくなって、そんな今日は、半年ぶりのドライブだった。

行くあてはなかった。

ただ、ひたすらに流れゆく街のネオンを眺めていた。

別れの言葉は決めていた。

『気をつけてね』

彼がこの先、どこかで生きてさえいれば、それでよかった。

私たちは、観光地でもない更地に車を停めて、「気をつけてね」と私のほうから別れを告げた。

彼が窓越しに「そっちこそね」と、笑顔をみせた。

車のブレーキランプが点滅して、タイヤが砂利を踏む音を鳴らした。

『友達に戻ろ』そんなふたりの願いは、叶いそうにない。

そんなことは、何となくふたりともわかっていた。

信号は青だった。

私たちは進まなければならない。

私は、進み出した灯りに手を振って、彼の車を見送った。

彼の手のひらが、車内でやわらかく揺れていた。

彼がいつの日か言った。

『友達は永遠、恋人は一瞬……けれど……そんな一瞬の煌めきを、ふたりでみてみたい』

私たちは、忘れることができないほどの、一瞬の煌めきをみた。

『つぎは、どこに行こうか？』

彼がまだ、私のまぶたの裏で、ほほを赤くして微笑んでいる。

『ううん、そうだなあ、花火……花火をみに行きたい』

そんな彼の赤色が、暗くなった夜の空に、パッと浮かんで消えた。いつか約束した、遠い街の、夏の花火のように、それは、空に滲んで消えた。

シーグラス

放課後、彼女と別れたばかりの彼と海に出かけた。

「海が見たい」

そう嘆いていた彼を連れて、私は砂浜でシーグラスを探していた。

私は、そんな彼の背中に問いかけた。

「なんで、シーグラスがほしいの？」と。

彼は振り返って「ただのガラス片だったものが、波にもまれて、角が取れて、宝石みたいに光り輝くんだよ？　見てみたいじゃん」と笑った。

私は砂浜に屈み込んで「そんなの、お店で買ったらいいのに……」と砂をかき分けた。彼も私のとなりに屈み込んで「それだと、意味がないんだよ」と言った。

私は「これ、あげるよ？」と言って、胸ポケットから花のブローチを取り出した。「ほら、宝石みたいでしょ」って、琥珀色のブローチを空に掲げた。

彼はそれを見て「シーグラスがいい」とつぶやいた。

「シーグラスはさ、逆境を乗り越えて、光り輝くからいいんだよ」と笑った。

そして、「見つかるまで帰らない」と言って、砂浜を両手でかき分けた。

まるで彼は、失恋という逆境を乗り越えて、幸せになろうとしている
ようだった。

私は立ち上がって、スカートの砂を叩いた。

すると彼が「うわ、目に砂が入った」って、私の足もとで言った。

「ごめんごめん」って私は、彼のそばに屈み込んで、彼のほほを指で撫
でた。彼のほほが涙で濡れていて、砂がなかなか取れなかった。

私は「痛かった？」と訊いた。

彼は片目を瞑りながら「うん、ものすごく」とつぶやいた。

いま私がここで、彼に「好き」と伝えたら、彼の心を癒せる気がした。

けれど、それは彼の傷ついた心につけ込むみたいで、卑怯だと思った。

だから私は「はやく、シーグラス探そ」って、彼の背中を叩いた。
はやく彼が幸せになれるといい、そう願って、彼の手を引いた。
スカートの右ポケットで、何かが揺れた。
それは、さっき屈んだときに見つけたシーグラスだった。
私はそれを、右ポケットに隠したまま、彼の名前を呼んだ。
「ほら、行くよ」
彼は笑って、夕日に染まる砂浜を私といっしょに駆け出した。

間違っています

「初恋の人の名前は？」
パスワードを忘れた私にスマホが問いかけた。
打ち込む名前は全て不正解。
いったい私は、いちばん最初に誰に恋をしたのだろう。
思い出せない初恋の人の名前がインターネットの海を彷徨っている。
私は眠れなくなって、夫を起こさないようにベッドを出た。
ベランダに出て、空を眺めた。

たしか初恋は、小学生のときだった。

それは、となり町から越してきた転校生だったかもしれないし、塾が同じでよく一緒に帰った男の子だったかもしれない。

名前はもう思い出せない。

そんな、名前すらも忘れてしまうような初恋の相手に、当時の私は、何をもって、それを恋と呼んでいたのだろう。

今だって、夫のどこが好きか問われても、明確な答えは出せない。

スマホを片手に、友達の投稿に「いいね」をつけた。

かわいい洋服やコスメに「お気に入り」をつけた。

私は、親指が跳ねる程度の「好き」はハッキリとつけられる。

それなのに、となりで眠る夫に対しては、跳ねる気持ちがどこにも見当たらなかった。

「どうしたの？」後ろから、夫の声がした。

振り返ると、夫がベランダのドアを開けて立っていた。

「眠れない？」私は、そう訊く夫の目を見て頷いた。

夫は両手に持っていたふたつのマグカップを、胸の位置で軽く掲げ、私のとなりにやってきた。

「あついよ」って右手に持っていたマグカップを差し出した。

「ありがと」って、私は受け取って、中に入っていたココアをひと口飲んだ。

「もうすぐ朝だね」

そう私がつぶやくと、夫は「なつかしいね」と言った。

よく付き合いたての頃に、夫とこうしてベランダから朝日が昇るのを眺めた。

最近は、お互いに仕事が忙しくて、そんな時間すらなかった。

「ごめんね、起こしちゃって」

私がそう笑いかけると、夫は「いいよ、こうして朝日みたかったし」と笑った。

「これからはこういう時間、増やしていきたいね」と夫は、ココアを飲んだ。私はそんな夫の横顔を見つめた。

朝日に照らされて、夫の笑顔が目に染みた。

ほほを涙が伝って、私は隠すように耳に掛けていた髪を下ろした。

スマホを開いて、画面を見つめた。

さっきの質問の答えの欄に、夫の名前を打ち込んだ。

読み込みの画面が流れ、やっぱり『間違っています』と弾かれた。

それでも私は、夫の名前を打ち込んだ。

そのまま送信ボタンは押さずに、スマホを閉じた。

「ねえ、好きだよ」

私は、唐突に夫に言った。

夫は戸惑いもなく、「おれも、好きだよ」と言った。

朝日が高く顔を出し、ベランダを白く照らした。

昨夜降った雨のしずくが、頭上から手もとの手すりへと落ちた。

きらきらと輝いて、私たちの目の前を幾つもの雨の粒が通り過ぎた。

「今日は、仕事をサボって、どこか出かけようか」

夫は笑った。

私も笑って「いいね」と、言った。

手にしていたマグカップの中のココアを揺らして、そこに映る朝日をきらきらと揺らして飲み干した。

胸の奥の深海のような真っ暗闇で、忘れていた記憶が、綺麗な気泡を立てて沈んでいった。

治してください

放課後、クラスメイトを振った。
僕には他に、好きな人がいた。
翌朝、教室に入れずにいた。
振った相手と、顔を合わせるのが怖かった。
僕はそのまま、保健室に向かった。
「見たところ、怪我はなさそうだけど？」
保健室の先生は、窓のカーテンを開けながら訊いた。

「いいえ、心が痛いんです」

そう僕が言うと、先生はコーヒーを片手に「心ねえ」と湯気混じりの真っ白い息を吐いた。

「昨日、クラスメイトを振ってしまって」と僕は言った。

先生は、コーヒーをひと口すすり、

「案外、振る側も傷つくのよね」と言った。

「振るってことは、その人を傷つけてしまうってこと、振る側も、振られる側も、傷を負ってしまうものよね」と先生は、机の上の花瓶に手を添えた。

「この花はね、中庭で折れてしまっていたの」

そう言う先生の手もとには、マリーゴールドが一本揺れていた。

「でもね、ほら、こうして絆創膏を巻いてあげたの」

花瓶の中の花の茎には、絆創膏が巻かれていた。

「そうしたら、花は枯れなかったの」

そう先生はつぶやいて、僕の目を見つめた。

「傷ついたってことは、何かを治せるってこと。きっとその子も、傷を癒すたびに心が強くなる。そしてまた、誰かを好きになる。そうやって人は、かさぶたを増やして、愛を知っていくの」

先生はそう言って、花のように笑った。

そんな先生の首もとには金色のネックレスが光っていた。

「先生、そのネックレス捨てたんじゃ……」

「ああ、これね、元彼と復縁したの」

先生は幸せそうにそう言って、ネックレスを指でつまんだ。

「よかったですね」僕はそうつぶやいて微笑んだ。

窓の外からは、風が吹いてきた。

机の上のマリーゴールドが揺れていた。

「それじゃあ、教室いってきます」

僕は立ち上がり、歩き出した。

「また、いつでもここにおいで」

先生の声が、僕の足を止めた。

「先生、僕はあの子のかさぶたになれましたか？」

そう僕が訊くと、先生は「なれたよ」と僕の背中に手を振った。

先生の影が、僕の足もとで揺れていた。

僕は保健室の扉を閉めた。

胸の痛みはまだ治っていなかった。

僕は、先生が好きだった。

胸の位置で制服を握って、先生のことを思った。

「僕は、先生のかさぶたになりたかった」

そうつぶやいて、僕はまた歩き出した。

繋がり

「指輪、なくしちゃった」

妻が申し訳なさそうに言った。

それは私が、十年前にあげた結婚指輪だった。

「空港で外したときに、なくしちゃったみたい」

妻はキッチンで、冷蔵庫に背をあずけながら言った。

私は「だいじょうぶだよ」と言って、ソファに腰を下ろした。

妻はすこし項垂れて「だいじょうぶって、そんなに大切じゃなかった？」

とつぶやいた。
私はあわてて「いやいや、そんなことないよ」ってソファから身体を起こした。
普段から私は、物をなくすことが多かった。
だから、結婚指輪をはめていなかった。
大切だからこそ、着けるのが怖かった。
けれど、いざ妻の薬指に指輪がないと、どこか寂しかった。
大切だからこそ、目に見えるところに着けておくべき。そう思った。
私は、妻の肩に手を置いて言った。
「新しい指輪、買いに行こう」と。

それからふたりで、指輪を買いに出かけた。

前と同じ店に行き、新しい指輪を選んだ。

そして、お互いの指に新しい指輪をはめた。

「つぎはもう、なくさないようにしないと」

妻はそう言って、手のひらを顔の前に掲げた。

「より、大切に感じるね」

私は妻の手のひらを見て、そう言った。

その帰り道に、人気のドーナツ店を見つけた。

私たちは行列に並んで、ふたつのドーナツを購入した。

それをふたりで食べながら、歩いて帰った。

妻は、欠けたドーナツを見つめて言った。
「食べ切るのが、もったいないくらいに美味しい」と。
私は頷いて「また、買いに来よう」と妻の手を握った。
妻は「つぎは何味にしようかな」と、幸せそうに大きく口を開いた。
そして、ドーナツをひと口かじった。
そんなふたりの手は、繋がれていた。
それこそが、何よりも大切だと思った。
なくなった指輪と、欠けたドーナツ。
そのどちらもが、私たちをより強く繋げてくれた気がした。
「ずっとこうしていようね」

私は、妻の手を強く握った。

「そんなの、言われなくてもそうしているよ」

妻は笑って、繋いだ手を高く上げた。

ふたりの影が丸く繋がってみえた。

それは西日に照らされて、ずっと先まで伸び続けていた。

恋の病

彼女が熱で学校を休んだ。
僕は昨日、風邪気味なのに彼女とデートをした。
そのときに移してしまったらしい。
昨日は、彼女と付き合って三ヶ月目の記念日だった。
だから僕は、無理をして待ち合わせ場所に向かった。
そんな僕に彼女は怒った。「風邪ならちゃんと言ってよ」と。
僕らは喧嘩をして、「ごめんね」も言い合えずに手を振った。

そして今日、彼女は学校を休んだ。
僕は、三限目の授業を途中で抜け出して、彼女の家に向かった。
チャイムを鳴らすと、冷却シートをつけた彼女が出てきた。
「学校は？」と、彼女は首を横に傾げた。
「心配で、抜けてきた」と、僕は言った。
すると彼女は「ほんと、無茶ばかりするね」と、僕の肩を押した。
僕は部屋に上がらせてもらい、ベッドに横になる彼女に言った。
「ごめんね、昨日は」と。
彼女はすこし頷いて、「いいよ。私のほうこそ、ごめん」と謝った。
そして、「会いに来てくれて、ありがとう」と微笑んだ。

彼女の赤かったほほが、さらに赤くなった。

僕は、彼女の手を握って言った。

「このまま、もう会えなくなると思った」と。

「そんなわけないよ、ただの風邪なんだから」と彼女は、握った手をやさしく振った。

「恋も病らしいよ」と彼女は、冷却シートを剥がして言った。

「だから、無茶な行動ばかりしちゃうのかな」と僕は、彼女が剥がした冷却シートを受け取りながら言った。

「でもさ、恋も病なら、風邪みたいに、身体の細胞が治してしまうのかな」と彼女はつぶやいた。

僕は彼女のおでこに、手のひらを当てて言った。

「治ってもまた、こうして移されに来るよ」と。

彼女は、僕の目を見つめて言った。「ずっと、一緒にいたい」と。

僕は「また元気になっても、こうしてあげるよ」と、彼女を抱きしめた。

「うん、ずっとこうしていてね」と彼女は微笑んで、さっき剥がした冷却シートを、僕の手のひらごと握りしめた。

僕らは、ほほを赤くして、おでことおでこを重ね合わせた。

本物

「彼氏のＢｅＲｅａｌ．が嫌いなんです」

「どうして？」

今日も先輩は、バイトの休憩中に私の相談を聞いてくれる。

「彼氏のリアルが、他の女にも届くことが嫌なんです」

「なるほどねえ、それは嫌だね」

星空が見渡せる非常階段で、先輩は私に微笑みかける。

「ＬＩＮＥは？」

「彼氏とのトーク画面はもう、長いこと埋まっていません」

「BeReal.は一日に三回も動いているのに？」

「はい、それが連絡みたいになってるんです」

「それは、しょうがないねえ」

ふたりのトーク画面は『おはよう』とか『おやすみ』とか、お互いに決まりきった挨拶のスタンプだらけです」

「それはマンネリってやつだね」

「そうなんですかねえ、まあ私も、BeReal.の通知が来たら、率先して投稿しているんですけどね」

「あはは、それはそうだね、いつも楽しそうな写真ばかり」

「はい、彼氏に『あなたがいなくても、充分にリアルは充実していますよ』って、妬みを込めて投稿しています」

「それはちょっと、笑っちゃうな」

先輩は煙草に火をつけて、遠くに煙を吐いた。

「もちろん私も、一年前なら『ここ美味しかったよ、今度いっしょに食べに来よう』とか、『今日は空が綺麗だよ』とか、写真を送り合ったりしていました」

「していたねえ、よく今日みたいな月が綺麗な夜には『彼氏に送るんです』って言って、月にスマホを向けていたじゃん」

「そんな頃もありましたねえ」

「俺は好きだったなあ、そんな、空の顔色を送り合うカップル」

先輩はそうつぶやいて、スマホに目を落とした。

「あ、通知来てるよ」

「え、ＢｅＲｅａｌ．ですか」

スマホには、ＢｅＲｅａｌ．の通知が来ていた。

「撮らないの？」

「バイト終わりに投稿します」

「ええ、ちゃんとリアルを投稿しなよ」

「そんなんじゃないんです、私のＢｅＲｅａｌ．は」

私は帰り道、ＢｅＲｅａｌ．に写真を投稿した。暗い夜道で、顔色は悪かったけれど、信号の赤と、自分の顔を投稿した。

彼氏の投稿は、友達とのドライブの写真だった。

そう言えば今朝、彼氏は『友達と県外まで、スキーに行ってくる』とLINEをして来ていた。

私は彼氏の投稿にリアクションをして、スマホを閉じた。

家に帰り着いて、私はそのままソファで眠りについた。

ピンポンと、チャイムの音で目を覚まし、玄関を覗くと、彼氏がなぜか立っていた。

扉を開けると「りんご」と言って、右手に持っていたりんごとポカリの入った買い物袋を私のほほに当てた。

「顔が、りんごみたいに赤かったから」と彼氏は言って、私のおでこに手のひらを当てた。

「あれ、熱ない」と言って、彼氏はまゆをハの字に曲げた。

「顔が赤いから、風邪をひいたのかと思って」と言って「ひとりだけ抜けてきちゃった」と、耳の裏を指で掻いた。

私は笑って「赤かったのは、信号のせいだよ」と、彼氏の肩をたたいた。

彼氏は申し訳なさそうに「そんな暗い夜道を、ひとりで歩かせた俺が悪いね」と言った。

そして「ごめんね」って、私の頭を撫でた。

「これからは迎えに行くから、LINEしてね」と、微笑んだ。

彼氏は靴を脱いで、キッチンでりんごを擦った。

それは、私がよく体調を崩したときに「食べたい」と言って、作ってもらった擦りおろしりんごだった。

風邪でもないのに、彼氏は私にスプーンを差し出して「ほら」って微笑んだ。

スプーンの上には、蜜色のりんごと、私にしか見せない、彼氏のやさしい笑顔が映っていた。

「ほら、口開けて」

「いやだよ、自分で食べるから」

「いいから、ほら」

「だいじょうぶって」

「ほら」

「ちょっと、鼻に当たったって」

それは、誰にも共有できない、真っ赤なほほをした、ふたりだけのリアルだった。

プリン

彼女は、彼氏から暴力を受けている。

今日も彼女は、彼氏と喧嘩をして僕の部屋に逃げてきた。

彼女がお風呂から上がると、僕は彼女の傷の手当てをしてあげる。

そして、ドライヤーもしてあげる。

彼女は、冷蔵庫の中のプリンを楽しみにしていて、僕はドライヤーの途中でプリンを取り出す。

そして、彼女の両手にプリンをのせてあげる。

そして僕はまた、ドライヤーをつける。

彼女は、蓋の開いたプリンに顔を近づけて、揺れる黄色の輝きに「おいしそお」と、笑みを浮かべる。

その後ろで僕は、ドライヤーを揺らす。

彼女と僕は、鏡の中で目を合わせ、微笑みを交わす。

彼女がプリンをひと口、僕に差し出すから、僕はスプーンを受け取って、口の中にプリンを落とす。

すこし冷たい銀色のスプーンが、柔らかい甘さを口の中に残して離れてゆく。

僕はそこで、彼女と間接的に繋がったことに気付く。

僕は舌先で、ほろ苦いカラメルを探し、苦みとともに罪悪感を胃に流し込んだ。

そして、またすぐにドライヤーをつけた。

朝になって、彼女は部屋を出る。

まだ日は昇ったばかりで、部屋の中は灰色で仄暗い。

「いってきます」

そう言う彼女の表情はよく見えない。

「うん、いってらっしゃい」

扉が開くと朝日が見えた。

部屋が明るく黄色に染まってゆく。

彼女がすこしだけ振り返って「またね」と言う。

その淡い輪郭に僕は「うん、また」と、手を振る。

また彼女は、キズを受けに行く。

僕は間接的にしか、彼女に愛を与えることができない。

『寄りを戻そう』

そんな言葉は口にできない。

僕は彼女にとって、ただの心の拠り所でしかなくて、キズとキス、濁点の違いしかないそれは、本質的には同じなのかもしれなかった。

扉が閉まり、黄色の眩しさだけが、瞳の中に残った。

目を閉じると、涙がほほを垂れた。

それは口に入るとしょっぱくて、カラメルのように苦くはなかった。

『もうこれ以上、僕を惑わせないで』と突き放しはできない。

彼女はまた扉を開ける。

僕は、甘さしか持ち得ないただの黄色いプリンだった。

お母さん

三ヶ月前に、私はお母さんになりました。

小学六年生の息子の母です。

息子は夫の連れ子で、寝顔がとても夫に似ています。

私と目を合わせてくれることは少なく、最近やっと、「おはよう」と言ってくれるようになりました。

そんな息子が今日、サッカークラブの最後の試合の日でした。

いつものように、お弁当を作ってあげました。

いつもなら私は、卵焼きに出汁を入れていました。
けれど今回は、出汁ではなく、砂糖を加えました。
最近、夫に聞きました。
『息子は、甘い卵焼きが好きなんだ』と。
私は毎回、出汁を使った卵焼きを入れていました。
「どっちの味も好きだと思うよ」
夫はそう言ってくれましたが、今日は、前の奥さんの味、甘い卵焼きを焼きました。
今日は仕事が休みだったので、内緒で息子の試合を観に行きました。
電車に一時間揺られ、遠くの橋の上から眺めました。

きっと私が来たと分かると、集中できないと思ったので、最後まで隠れていました。

グラウンドを駆ける息子の姿は、後ろを舞う砂埃さえも輝いてみせて、その黄色い笑顔に、私は何度もちいさな拍手を送りました。

試合が終わり、私は帰ろうと河川敷を歩いていました。

すると、遠くのほうから息子の声がしました。

振り返ると、グラウンドから手を振る息子がいました。

「おかあさんっ」

私に向かって、息子がそう叫んでいました。

周りにはクラブのお友達がいるのにもかかわらず、大きな声で叫んでいました。
私は生まれて初めて呼ばれるその言葉に、驚いて立ち尽くしてしまいました。
私はちいさく手を振り返し、笑顔を見せました。
息子は何度も飛び跳ねて、また私を呼びました。
「おかあさん、またあとでね」
私はそのあと、あたたかいコンポタを買って歩いて帰りました。
その日の晩、からっぽになったお弁当箱に手紙が入っていました。
『お弁当おいしかったよ　これからもまた作ってね』
私は思わず台所でしゃがみ込んでしまいました。

『でも、たまごやきは甘くないやつがいいな』と、かわいい顔文字も書いてありました。

その日、私は晩ごはんに卵焼きを焼きました。

出汁を使った卵焼きです。

私の味です。

息子は二杯ご飯を食べました。

また私は、甘い卵焼きを焼くかもしれません。

けれど、私の味は守っていこうと思います。

来週、息子とふたりでサッカーをしに行きます。

お弁当作ってねって、頼まれたので、たくさん卵焼きを詰めようと思います。

まだ息子とは目が合いませんが、今日は、寝室の電気を消したあと、「おかあさん、来週のサッカー、とってもたのしみだね」だなんて、私に向かって言ってくれました。

暗くてよく見えませんでしたが、目が合っている気がしました。

私は息子のほほをそっと撫でて、「ありがとう」と微笑みました。

幸せの種

スイカの種を飲んでしまった。

『ヘソから芽が出てスイカが生えるよ』

なんて、よく妻は僕をからかった。

そんな、今は亡き妻のピアスが、ソファの隙間から出てきた。

まるで種みたいで、飲み込んでしまえば、妻が顔をだしてくれるのではないかと変な期待をした。

『そんな風に泣いてばかりじゃいけないよ。もしこのまま、私が病気で

亡くなったとしても貴方は独りじゃない。どこに行こうとも、私が貴方のことを見守っているから』妻が残した最期の言葉。

目蓋を開けるとお昼の二時を過ぎていた。一緒に選んだ黄色のソファが、いつの間にか時計の針を二周させていた。

欠伸のふりをした涙の残痕を拭って、再び目を閉じた。

最近は削られてばかりの毎日で、夢の中でも仕事をしていたから、夢で妻に会えたことが何より心を満たした。

顔は見えなかったけれど、繋いだ手の人差し指がリズム良く手の甲に当たっていた。

よく妻が踏切を待っているあいだ、赤の点滅に合わせてする癖、「しあわせ」の合図だった。

「ただいま」息子が廊下を駆ける音がする。

「わあ、すいかだ」横に座りスイカをかじる。

「ねえ、塩かけないで」

「いや、食ってみ」

「めっちゃ、甘い」

「だろ?」

「ねえ、それなあに」

摘んだピアスが光る。傷つき削られた面。

「サファイア、幸せの種だよ」

後出しジャンケン

『好きです　付き合ってください』
そんな手紙が後ろの席から回ってきた。
宛て先は、わたしではなかった。
それは、ふたつ前に座る、わたしの親友へ宛てた手紙だった。
「これ、回してだって」と、後ろの席の男子から渡されたその手紙は、
四つ折りにされていて、表には『B』とアルファベットが書かれていた。
それは、わたしの親友の苗字の頭文字『B』だった。差出人は、いち

ばん後ろの席の、わたしが気になっている男子だった。
四つ折りにされた手紙の裏には、彼の名前が書いてあった。
わたしはそれを見て、手紙を開いてしまった。
中には『好きです　付き合ってください』と、書いてあった。
思わず手に力がこもり、手紙にシワを作ってしまった。
このまま丸めて、窓の外に放り投げてしまおうか、迷った。
けれど、親友と彼の姿を思い浮かべて、わたしは手を止めた。
彼とは幼馴染だった。
幼稚園が一緒で、小、中と同じ道をたどってきた。
幼馴染の彼とわたしのあいだには、恋愛感情というものが入り込める余白がどこにもなかった。

だからわたしは、言えなかった。

たとえいつも放課後、となりに並んで帰れているとしても「手を繋いでほしい」だなんて、口にはできなかった。

彼が繋ぎたかったのは、親友の手だった。

悔しいけれど、恋は後出しでも、ジャンケンとは違って、勝ちでいらしい。

わたしのずっと出していた右手のパーは、彼が握るには相応しくない手のひらだった。

わたしはずっと、犬のしっぽみたいに手を振りながら、彼が掴んでくれるのを待っていた。
わたしは手のひらをグーに変えて、シワのついた手紙を延ばした。
シワを消して、手紙を丁寧に四つ折りにした。
前の席の男子の背中をつついて「これ、回してだって」と言って、手紙を放した。
彼が、親友のもとに飛んでゆく。
窓の外から風が吹いて、わたしは後ろを振り返った。
視線の先で、彼と目が合った。
彼が両手を合わせて「ごめんね」と、恥ずかしそうに口を動かしていた。
わたしは無理やり笑顔を作って、お幸せにって、手のひらを彼に向けて振った。

「さようなら」

彼との思い出が、風に乗って、遠く窓の外へ流れていった。

窓の外の雲は、わたしの届かないところを漂っていて、見えなくなるまでずっと、目で追っていた。

続き

私には謝りたいことがあります。

それは先週の授業中に起きた話です。

その日、私のもとに手紙が回ってきました。

中には『好きです　付き合ってください』と書いてありました。

それは、四つ折りにされていて、表には『B』という文字が書いてありました。最初は、私の苗字の頭文字『B』だと思いました。

けれど、それはよく見ると『1』と『3』の『13』という数字でした。

この数字は、私のふたつ後ろに座る、親友の出席番号『13』でした。

なのでこれは、私に宛てた手紙ではなくて、私のふたつ後ろに座る親友に宛てた手紙だと気づきました。

差出人は、親友の意中の相手でした。

私は、後ろを振り返って、親友と目を合わせました。

親友は私にピースを向けて、笑みを浮かべていました。

そのとき私は思いました。

きっと親友は、私に宛てた手紙だと勘違いして、そのまま前に回してしまった、と。

私は黒板に向き直り、手紙を眺めました。

窓の外からは、あたたかい風が吹いていました。

私は親友に「これ、あんたに宛てた手紙だよ」と、伝えようと思いました。けれど、私はやめました。

なぜなら、親友と彼が付き合ってしまうことが嫌だったからです。

なので私は、手紙を丸めて、胸ポケットにしまいました。

これは懺悔です。それでも不快に感じないのであれば、読み進めてほしいです。

そして私はまた、流れてきた手紙を受け取りました。

中には『返事は放課後、部室の裏で』と書いてありました。

私はそのまま放課後、部室の裏に向かいました。

そこには項垂れた彼がいました。

私は、そんな彼の背中を見て、やっぱり手紙を、ちゃんと親友に届けようと思いました。

ほんとうはそこで、彼のことを抱きしめてしまいたかったです。

慰めてあげて、私が彼と付き合えば、親友はひとりになる。

そう考えました。けれど、私は急いで校舎に戻りました。

教室に行くと、親友がひとりで机に顔を伏せていました。

声をかけると親友は、涙まみれの顔を上げました。

私は「これ、あんたに宛てた手紙だったよ」と言って、手紙を渡しました。

私はすべてを説明して、親友に言いました。

「直接、告白してもらってきな」と。

親友はほほを赤くして「うん、そうする」と言って、私に手紙を返しました。

私は親友の頭を撫でて「あいつに、字、下手すぎって言っといて」と、笑い掛けました。

親友は笑って「言っとく」って、教室を後にしました。

私は廊下に出て、親友の背中をずっと見つめていました。

私の大好きな親友の背中を。私は、親友に恋をしていました。

同性である、親友のことが好きでした。

私のほほには涙が流れて、遠く、ちいさくなる彼女への想いを、手紙といっしょに丸めて、胸の奥にしまいました。

「幸せになってね」と、ちいさく、ちいさく、つぶやきました。

大好きな人の、いちばんの幸せを、いちばん近くで願いました。

ごめんなさい、かみさま、私はこのまま不幸になってもいいので、どうか彼女を幸せにしてください。

そう願って私は、この懺悔を終えます。

LONG STORY

ミモザの咲く、春のほとりで

ミモザの花言葉『密かな愛』について、私がよく意味を理解したのは、高校三年の春、ミモザが咲き誇る四月のことだった。

「あんたの連絡先、教えてもいい？」

授業中、親友の愛華が黒板に背を向けて訊いてきた。

普段とあまり変わらない声量だったから、私は隠れるように身を屈めた。

「またいつもの、他の学校の男子からのお願いでしょ？」

私は声をひそめて、そう訊いた。

親友の愛華は、友達が多かった。

愛華のインスタには、同性と異性を含めて、千人近くの人が繋がっていた。その内の半分が、直接関わりを持ったことがある人らしく、中には他校の生徒の名前も多くあった。

「なんで私が、顔も名前も知らない、愛華の友達と連絡先を交換しないといけないの？」

私は、語気を強めてそう訊いた。

「今度の人はさ、ぜったいに仲良くなれる人だから」と言って、愛華は手のひらを顔の前で合わせた。「お願い、あたしを信じて。インスタとかTikTokのDMでもいいからさ、すこしだけでも話してみてよ」と目を強く瞑り、軽く頭を下げた。

愛華は、中学の頃から動画投稿アプリに自身のダンス動画を投稿していた。それが今では、フォロワーが二十万人を超えていて、高校生ながらに有名なTikTokerだった。

そんな愛華と私は、高校で知り合った。

中学の頃の私は、スマホを持っていなかったから、愛華が有名なＴｉｋＴｏｋｅｒだとは知らなかった。だから私は、高校の入学式の日に、何の躊躇いもなく愛華に話しかけた。

「その髪型かわいいね」

そうやって気兼ねなく話しかけてきた私を、愛華はひどく気に入ったらしく、入学式の後には、さっそく私をファミレスに連れ出して、五時間ものあいだふたりで語り合った。

「この髪型はね、ＴｉｋＴｏｋで知り合った有名な美容師の人に切ってもらったの」

そのときに、愛華が有名なＴｉｋＴｏｋｅｒだということを知った。

「あたしがＴｉｋＴｏｋやっているからといって、態度は変えないでね」

と愛華は、パフェを頬張りながら言った。

「変わるわけがないよ、私はありのままの愛華を好きになったんだから」

私は、愛華のほほを指でつつきながら言った。

「あたしも、莉慧のそういうところが大好きだよ」

そのときに、ふたりでつついたパフェの味は、いまだに忘れられずにいる。


愛華と街を歩けば、話しかけられることが多かった。

「あの、愛華さんですか？」

「はい、そうですけど」

「一緒に写真、撮ってもらってもいいですか？」

「もちろん、いいですよ」

「ありがとうございます」

「ほら、莉慧も入って」

「え、なんで私も？」

愛華は普段から人を拒むことが少なかった。どんな人とも必ず会話をして、ファンが求める要求にはできる限り応えていた。そんな愛華のファンサービスに、私も巻き込まれることが多々あった。いつも愛華が写る写真には、私の姿も入っていた。

「なんで、私まで入れるの？」

「いいじゃん、みんなで友達になろうよ」

愛華はいつの日か、ＴｉｋＴｏｋの質問コーナーで言っていた。

「交友関係？　それはぜったい広いほうがいいね。例えばさ、聞こえ方が悪くなるかもしれないけれど、スーパーでトマトを選ぶとき、たくさんのトマトが並んでいたほうが良いトマトを選びやすいでしょ？　もし仮に、目の前にあるトマトが、すこし傷んだトマトだったとしても、比べるものがなければ、それを良いトマトと勘違いして買うかもしれない。そんなのさ、悔しくない？　あたしはさ、ちゃんと綺麗なトマトを選びたいの。たくさんの人と仲良くなって、いい友達を見つけたいの。まあ、でもね、どんなトマトでも食べてみたら美味しくて、結局は、人もトマトも選ぶ必要はないって、なるんだけどね」と愛華は、画面の奥で微笑んでいた。

「莉慧もさ、交友関係は広げたほうがいいよ」

愛華はそう言って、いつも私と誰かを繋げようとした。

「ねえ、いいでしょ？　莉慧の連絡先教えても」

「ううん……」

私がそう唸って、眉間にシワを寄せていると、

「三ヶ月後には夏祭りもあるんだし、あたしらもう高校三年生だよ？彼氏がいたほうがぜったいにいいって」と愛華は、私の肩を叩いた。

それでも、愛華のことを鬱陶しく感じないのはやはり、愛華の嘘偽りのない笑顔や、こうして必ず私に許可をとってから連絡先を伝える常識があったからだった。

さらに言えば、愛華の両親は離婚をしていて、私と境遇がよく似ていた。

私の両親も離婚をして、いまは父親と七つ年下の弟と三人で暮らしている。だから、愛華の時折見せる寂しそうな顔や、慎重になりすぎる恋愛の進め方には、身に沁みるほどに共感ができた。たとえ、私には理解できない行動をとられたとしても、それを簡単には突き放すことができなかった。

「それで？　いちおう訊くけど、どこの誰なの」

私は、頬杖をつく愛華に訊いた。

「ううん、まあ、詳しくは言えないんだけどさ。あたしが中学のときに、出席番号が後ろで仲良くなった男の子」と返し、口を尖らせた。

私は、窓の外を見つめて言った。

「直接さ、言って来てくれない時点で、私はもうその人とは仲良くなろうと思わないよ」と。

愛華はすこし黙って、「そうかなあ……」とつぶやいた。

「私が思うにさ、やっぱり何か大事なことを伝えるのって、文字や伝言なんかより、直接会って伝えるべきだと思うんだよね」

「ううん」と愛華は曖昧に頷く。

「私の両親もさ、離婚しているけど、あのふたりは一度も会うことなく離婚したのね。紙に印鑑を押して、紙面上だけで別れを決めていた。そんなふたりを見ているからさ、なおさら、思いは直接言葉で伝えるべきって思うんだよね。それがたとえ、はじめましての挨拶だったとしてもね」

私がそう言うと、愛華はすこしだけ俯いて「確かに、直接のほうが本気度は伝わるかも」と、ちいさな声でつぶやいた。

私は愛華の下がったつむじを見て、すこし後悔した。

思いは直接言葉で伝えるべき、とは言ったものの、そう言う自分がいちばん思いを口にするのが苦手だった。

これまでに私は、一度だけ彼氏がいたことがある。

それは中学二年生のときで、いつも一緒に帰っていた同級生に告白をされたからだった。もともと仲も良かったから、私はすぐに告白を受け入れた。けれど、付き合ってからの私は「好き」と口にすることがまったくなかった。そのせいで彼氏は「好きって言ってくれなきゃ、わからないよ」とよく嘆いた。その度に私は、苦しくなって、涙を流した。そんな私に彼氏は「もう、無理はしなくていいよ」と言ってくれて、私はその言葉通り、付き合って三週間目で彼氏からの別れを受け入れた。

私にとって、直接思いを口にするのは、難しいことだった。

愛華は床を見つめたまま、中々顔を上げなかった。

見兼ねた私は、仕方なく、今まで隠していた秘密をひとつ打ち明けた。

「私にはさ、ちゃんと好きな人がいるから」と。

愛華はそれを聞いて、打ち上げられた花火みたいに口を開いた。

「ほんとに？　そうなの？」と愛華は身を乗り出して、私の顔の近くで笑顔を見せた。「ねえ、どんな人？　同じクラス？　それとも私の知らない人？」

愛華は見事に食いつき、なんとか話を逸らすことに成功した。

＊

それから一週間後のこと、愛華がまた私のほうを振り返って、

「あのさ、これで最後にするから、これだけは受け取ってもらえないかな？」と、一枚の封筒を差し出してきた。

「その人、ほんとしつこいね」と私がため息を吐くと、愛華は申し訳なさそうに、

「まあ、これで諦めると思うから」と、指に挟んでいた封筒を揺らした。

私は「なんで、その人は直接渡しに来ないの？」と、封筒を受け取らずに訊いた。

「ちょっとね、詳しくは言えないんだけど、この子、遠いところに住んでいるからさ」と愛華は、指に挟んでいた封筒を放した。

それを目にした先生が、私たちのほうを指差して「おいそこ、ちゃんと授業聞けよ」って、注意をした。

愛華は慌てて黒板のほうに向き直り、「まぁ、読むだけ読んでよ」って、私の机の上に封筒を残した。

私は仕方なく手を伸ばし、封筒を机の中にしまった。

放課後、愛華が「あの手紙、読んでくれた？」と訊いてきた。

私は「持って帰って、家で読むよ」と言った。

それでも疑いの目を向ける愛華の表情を見て私は、愛華に見えるように、封筒を鞄にしまった。

「ほら、ちゃんと持って帰るからさ」と言って、鞄のチャックを閉めた。

家に帰って、お風呂に入り、鏡を見ながらドライヤーをかけていると、

「ねえちゃん、この手紙なに?」

と小学五年生になったばかりの弟が、私の鞄の中を覗き込んでいた。

私は「おい、勝手に見るな」って、ドライヤーの風を弟に向けた。

「ええ、なになに、ラブレター?」と、それでも弟は鞄に手を伸ばすから、私はドライヤーを切って、封筒を手にそのまま自分の部屋に逃げた。

「ねえちゃんモテモテぇ」とリビングではしゃぐ弟の声を、遮るように

扉を閉めた。

乾ききっていない髪にくしを通し、私はベッドの上で封筒を開けた。

中には、手紙なんて入っていなくて、一枚のしおりだけが入っていた。

裏返してみると、そこには一輪の花が押してあった。

それは黄色い、名前のわからない花だった。

私は不気味に感じて、そのまま封筒ごとゴミ箱に捨てた。

けれど、愛華の「今度の人はさ、ぜったいに仲良くなれる人だから」と言ったときの、花のような笑顔を思い出して、ゴミ箱から封筒を取り出した。

中を開けて、再びしおりを手に取った。

指に挟んで、揺らしてみた。

ふと、ある人のことを思い出した。

――あの人はいつも、本を読んでいた。
――指にしおりを挟んで、揺らしていた。
――あの人はいま、どこにいるのだろう。
私は、ずっと前に出会った、ひとりの男子生徒のことを思い出していた。
そんな彼がこよなく愛した本があった。
私は本棚を眺め、一冊の本を抜き取った。
それはセーラー服を着た女の子が表紙の本だった。
その本のあいだにしおりを挟んだ。
そのまま本を胸に抱え、ベッドに寝転がった。
曖昧になってしまった彼の姿を、夢の中で追いかけた。
掴んでは離して、私はゆっくりと、深い眠りに落ちていった。

翌日、愛華が私の顔を見るなり「どうだった？」と訊いてきた。

私は「不気味だったから、捨てたよ」と嘘をついた。

愛華はすこし黙って「そっか……」とつぶやいた。

もうそれ以上は何も訊いてくることはなく、窓の外をずっと眺めていた。

放課後、私は、愛華に悪いことを言ったかなって心配になって、

「いや、実はさ、中身は捨ててないよ。中にはさ、しおりが入っていて、手紙なんかどこにもなかったから、しおりだけはとってあるよ」と言った。

愛華は「しおり？」と訊き返した。

「そう、花が押されたしおり」

私がそう言うと、愛華は、

「なんの花？」

と、スマホを取り出した。

「わからない」

と、私が言うと、

「きっと花言葉だよ。そこに意味があるんだよ」

と、愛華はスマホを私に向けた。

液晶には『花言葉の一覧表』が表示されていた。

私は指で、愛華のスマホをスクロールして、押されていた花の写真を探した。

四回スクロールした先に、黄色い、あのしおりに押されていた花と同じ花を見つけた。

それは、『ミモザ』という名前の花だった。

「あった」

私がそうつぶやくと、愛華が、

「花言葉は？」

と、訊いた。

私は文字を目で辿り、それを口には出さなかった。

「ん？」

愛華がスマホの向こうで、不思議そうに私を見つめていた。

「ねえ、その人ってさ、いまどこにいるの？」

私は訊いた。

「え、その人はね……遠くだね……」

愛華はそう曖昧に言葉を濁して、口を閉ざした。

「ねえ、何か隠してる？」

私がそう訊ねると、愛華はスマホを机に置いて、

「ううん、実はさ……」

と、真剣な顔をした。

開いていた教室の窓から、風が吹き抜けて、愛華の肩まで伸びた髪の毛先をさらさらと揺らした。春のあたたかい風が、私の首もとをすり抜けて、花の香りを鼻先に漂わせた。

「あの手紙、病室からなんだよね」

愛華は言った。

私は思わず「病室？」って、訊き返した。

「その子がさ、先月、マンションの階段から落ちて、そのまま目を覚まさなくなったの」と、愛華は口角を下げた。

「その子は、もともと目の病気を持っていて、大きな手術が決まっていたの。それなのに、階段から落ちて、頭を打ってしまって……」と愛華は、視線を床に落とした。

私は「目の病気?」と、訊いた。

「うん。その子はさ、目が段々と見えなくなる病気を患っていて、手術をすれば治せるかもって言われていたの。でもね、手術が成功するかどうかわからないし、悪化してしまうかもしれないって言われていて。そうなる前にさ、仲良くなりたがっていた莉慧と、連絡先だけでも交換しておくべきだよって、あたしが背中を押していたの」と視線を窓の外に向けて、愛華は息をちいさく吐いた。

「だから私に、連絡先の交換を?」

「うん、そう……」

「あの手紙は?」

「あれはね、あたしが勝手に持ち出したの。その子がさ、目の手術で入院をするって知って、よくあたしは病院にお見舞いに行っていたの。そのときにさ、あたしがTikTokにあげた動画を見てさ、『このとなりの子、友達？』って莉慧のことを指差して食いついてさ。それからずっと『この子に、会いたい』ってうるさくて。それなのに『連絡先はいらない』って、『直接会って、直接話がしたい』って言うこと聞かなくて、『手術が終わったら、この手紙を渡しに行く』って、ずっと手にしていたのがあの封筒なんだよね。それなのに先月、手術を前にして、階段から落ちて目を覚まさなくなってさ。あたし、もう我慢できなくてさ。すこしくらいの手助けならって、莉慧に封筒を渡しちゃったの」

愛華はそう言って、手のひらで顔を覆った。

私はもう一度、愛華に訊いた。

「その子はいま、どこにいるの？」

愛華はスマホを手に「ここの病院だよ」と、地図アプリを開いた。

「ここ」と言って、スマホの画面を指差した。

それは、ここからずいぶんと離れた県外の病院だった。

私は「ありがと」と言って、愛華に手のひらを向けて席を立った。

「莉慧、何か思い当たることでもあるの？」

愛華は、眉尻を下げて訊いた。

「うん、もしかしたら、その人と会ったことあるかも」

私はそう言って、窓の外に目を向けた。

「そっか、それなら確かめないとね」

愛華は、手のひらを私に向けた。

私は愛華に「うん、行ってくる」と手を振って、教室を出た。

靴を履いて、かかとを直しながら、私は花の名前を思い出していた。

――『ミモザ』。
――花言葉は『密かな愛』。
私は、バス停まで走り、タイミングよく停まったバスに乗り込んだ。
スマホを開いて、あらためて病院の場所を確かめた。
ここからバスで二時間の大きな病院。
――彼はそこにいる。
そう確信した。
私は揺れるバスの中で、春に出会った彼のことを思い浮かべていた。
彼とよく眺めた、流れゆく景色を見つめながら。

＊

はじめて彼と出会ったのは、高校一年の春、二年前の四月だった。

私は、通学バスの中で彼と出会った。

いつも決まって彼は、先にバスに乗っていた。

彼は違う学校の制服を着ていて、それはとなり町の高校の制服だった。

だから、私がバスを降りるとき、彼はいつも席を立たなかった。

最初は私も、違う学校の生徒が乗っているな、程度の軽い認識だった。

そんな彼と、はじめて会話を交わしたのは、半年後の九月、風が冷たくなりはじめた心地の良い朝の日のことだった。

その日、私はテスト勉強に追われていて二時間しか眠れていなかった。

私は座席に座ると同時に眠りについてしまい、降りるべきバス停に着いても、目を覚まさなかった。

そして、彼の呼びかけによって、目を覚ました。

「起きてください、遅刻するよ」

はじめて聞くはずの彼の声は、どうしてかわからないけれど、彼の声だとすぐにわかった。

「えっ」

と言って、目を覚ました私の視界には、彼の顔があった。

「あ、起きた」

そんな彼の笑う姿に、私は慌てて前髪を直し、

「え、すみません」

と、訳もわからずに謝った。

「ほら、はやく降りなきゃ」

彼は再び笑って、私の顔の前で手を振った。

私は窓の外を確認して、慌てて鞄を抱えてバスを降りた。

扉が閉まり、私は乱れた制服を直しながら、バスを見上げた。
窓の奥で、彼が手を振っていた。
私は会釈をして、彼に音のない声で「ありがとう」と口を動かした。
動き出すバスの中で、彼はいつまでも手を振っていた。
これが、彼とはじめて会話を交わした日だった。

それから彼とは、バスの中で目が合うたびに笑顔を交わした。
あるときは、彼の後ろの席に座った。
あるときは、前の席に座った。
特に会話を交わすことはなかったけれど、ただ互いに、存在を意識し合っていた。

＊

そんな日々が三ヶ月続き、季節が冬になった頃。

私は、はじめて彼のとなりに座った。

その日、私がバスに乗り込むと、彼が私に向かって『おいで』と、口だけを動かしていた。私は思わず「えっ」と、白い息を吐いて、その場から動けなくなった。前髪を押さえ戸惑う私に、彼はずっと手招きをしていて、再び『おいで』と口を動かした。

私は、誘われたほうに向かい、驚いた猫みたいに身体を縮こまらせて、彼のとなりに座った。

彼は、読んでいた本を閉じ、私とは反対側の窓の外を眺めた。

私も、それに釣られて窓の外を眺めた。

そして彼が、口を開いた。

「なに、聴いているの？」

私は、イヤホンをしていたからよく聞こえなかった。

いつもなら、バスで彼と会うと同時にイヤホンは外していた。

けれど、その日は外せていなかった。

彼のとなりに座ったから、緊張で身体が動かせなくなっていた。

けれど、彼は確かに私に話しかけていた。

近くで見る彼の顔は、色が白く、まつ毛が長くて、とても美しい顔立ちをしていた。だから私は、そんな彼の問いかけに、顔を見て答えることができなかった。

私はそのままイヤホンを耳から外さずに、彼の問いかけが聞こえないフリをした。

「あれ、聞こえてない？」

彼の声は、グラスの中に落とした氷のような、心地よい音をしていた。

彼は再び本を開き、文字を目で追い始めた。

そんな、彼の横顔は眩しかった。

指は細く、爪には光沢があり、本を捲る音が心地よかった。

私は、彼のすべてに見惚れていた。

いつも見ていたはずの窓の外の景色が、彼がとなりにいるだけで、まるで映画の中のワンシーンのようにキラキラと左から右に流れていった。


それから彼とは、となり同士で座ることが多くなった。

決まって私の耳にはイヤホンがついていた。

彼はそんなことは気にも留めず、時折私に話しかけてきた。

「今日は、なにを聴いているの？」

けれど、私は何も返せなかった。緊張で口が動かせなかった。

そんな私を、いつも彼は微笑みながら見つめて、

「ほんと、幸せそうに音楽を聴くよね」ってつぶやいた。

本当は、彼がとなりにいるから私の口角は緩んでいた。

いつも、私の耳にあるイヤホンは音楽を流していなかった。

ずっと音楽は停止したままだった。

私は、彼の制服の擦れる音や、本を捲る音、呼吸をする音にまでも、

耳を澄ませていた。

私は彼に夢中だった。

いつも彼は、本を読んでいた。

私はそれが気になって、バスが停車するたびに、何の本なのか訊こうとした。

けれど、いつも勇気は出ずに、そのままバスを降りていた。

ある日の放課後、私は本屋に出かけた。

彼がいつも読んでいる本の表紙を探した。

彼と同じ本を見つけ、私は中身を捲ることなくレジに向かった。

そして、その本を毎晩、必ず寝る前に読んだ。

それは恋愛短編集だった。全二十六編からなる短編集で、ひとつのお話を90秒で読み切れる本だった。幾つもの結末に浸ることができるから、私は毎晩穏やかな気持ちで眠ることができた。

いつも決まって私は、彼のとなりに座ると同時に、彼の手もとを確認した。

どこまで読んでいるかを確認して、バスを降りるとすぐに彼と同じところにしおりを差した。そして、寝る前になると、朝差したしおりのページまで本を読んだ。

彼と同じペースで本を読みたかった。

彼のことを、もっと知りたかった。

彼はいつも、同じ本を繰り返し読んでいた。

最後まで読み切ると、また最初に戻って、また一から読み始めた。

私は彼に話しかけることができないから、彼のことを本の中身から知ろうとした。

＊

けれど、彼のことは知れないまま、彼は私の前から突然姿を消した。

彼と知り合って、一年が過ぎた春の日に、彼はバスに現れなくなった。

理由はわからなかった。

名前もわからない。学年もわからない。インスタもＬＩＮＥも繋がっていない。

そんな彼を、辿れるものは制服しかなかった。

私は放課後、バスに乗ってとなり町の学校に向かった。

彼と同じ制服を着た生徒たちに交じって、校門の前で彼が出て来るのを待った。

けれど、日が沈んでも、彼の姿が現れることはなかった。

私は帰りのバスの中で、きっと彼は、私の二つ年上で卒業をしてしまったのだと言い聞かせた。あるいは、何か理由があって転校をしたのかもしれない、そう自分を納得させて、彼を探すことを諦めた。

私はバスの中から、いつも彼の姿を探していた。
もしかしたら、窓の外に彼が見えるかもしれない。
そう願って、窓の外を眺め続けた。
まるで、表紙だけを頼りに探す本のように、彼の横顔を流れる外の景色に映していた。

私は時々、バスの中で彼の夢を見た。
それは夢ではなくて、思い出で、確かにあった出来事の回想だった。
彼は、私のとなりで本を読んでいて微笑んでいる。
黄色いしおりを指に挟んで、ゆらゆらと揺らしている。

時折、私の顔を見て、口角を上げる。
私が目を逸らすと、彼は本にしおりを挟み、私に話しかけてくる。
——気になる？
と。
私はそれを、いつも聞こえていないフリをして、手もとに視線を逃した。
彼はそんな私に微笑んで、また本を開いて視線を落とした。
私は、そんな彼のしおりになりたかった。
彼の本を捲る手を止めて、彼とずっと話していたかった。
けれど、私は何も言葉を返すことができなかった。
そんな私に、彼はいつもこう言っていた。
——顔を見ればわかるよ。
と。

──『気になる』って顔に書いてある。

と、笑っていた。

彼は夢の中で、私のほほに手を添えて言った。

──言わなくても、顔に書いてあるよ。

と。

そんな彼に、私は夢の中でだけ、訊くことができた。

──『すき』の二文字は、見えていますか？

と。

彼は夢の中で頷いて、

──見えているよ。

と、笑った。

そして、私のほほをやさしく撫でて、

――起きてください、遅刻するよ。

って、微笑んだ。

そこで私はいつも、夢から覚めた。


それから私は、バスの中でも本を読むようになった。

彼が読んでいた本を、繰り返し何度も読んだ。

ある一編に、私と同じ名前のヒロインが登場する。

それを毎回読む度に私は、彼がこの本を繰り返し読む理由が、私であったらいいのになって考えていた。

*

季節は巡り、彼がいなくなって一年が過ぎた。
私は高校三年生になっていた。
ミモザが咲き誇る春の日に、彼のことを思い出していた。
私の片思いの相手、いなくなった彼のことを。
愛華が言っていた男の子は、きっとあのバスで出会った彼のことだと思った。
愛華の動画に映り込んだ私を見て、私に気づいてくれた。
そして、私にまた会いたいと言ってくれた。
そうであってほしい。
そう願った。
私は、病院に向かうバスの中で、外の景色を眺めていた。
川のほとりで、ミモザが揺れていた。

「いま、会いに行くからね」
私は、彼の笑顔を脳裏に浮かべ、ミモザの黄色に彼への想いを馳せた。

目的の病院に着いて、私はバスを降りた。
ずれた鞄を肩にかけ直して、私は病院の中に入った。
受付の女の人に、彼の名前を告げた。
「遥輝」
それは、春に吹く風のような、あたたかい響きの名前だった。
私が病院に向かう途中、愛華からＬＩＮＥが来ていた。
『名前、教えてなかったね』と。
私は、そうだった、と笑みをこぼし、愛華に文面上で彼の名前を訊いた。

「遥輝さんですね」

受付の女の人が改めて訊き返す。

「はい、遥輝です」

はじめて音にして聴く彼の名前。

『はるき』

それは、私の名前が出てくるお話の、主人公の名前と同じだった。

「すこし、お席に座ってお待ちください」

私は「はい」と頭を下げて、待合室に並べられた椅子に腰掛けた。

壁にかけられたテレビの内容はまったくと言っていいほど頭に入ってこなかった。

居ても立っても居られなかった私は、鞄から本を取り出した。

彼はいつも、この本を繰り返し読んでいた。

もしかすると彼は、いつ目が見えなくなってもいいようにと、この本を何度も繰り返し読んでいたのかもしれない。

思い出せるように、何度も。

それほどに、彼にとってこの本は、大事な本だった。

彼は、いつの日か言っていた。

——結末を、90秒で与えてくれるこの短編集が好き。

それは、彼がいつ、目が見えなくなるかわからない病気だったからこそ、出てきた言葉なのかもしれない。

私は、彼がくれたしおりを指に挟んで、風に揺れる花のようにしおりを揺らした。

大好きな、彼と私の名前が出てくる一編を開いて、何度もそこを読み返した。

――作中のふたりは最後、結ばれる。

三回結ばれたところで、私の名前が呼ばれた。

「莉慧さん」

私は、しおりを胸ポケットに入れて、受付の人に教えてもらった病室に向かった。

「はるき」

私は、廊下を歩きながら、何度も彼の名前を口にした。

彼の顔を見て、ちゃんと名前を呼べるように、私は何度も練習をした。

病室の前に着いて、私は扉をノックした。

「はあい」

と、女の人の声がして、私はそこで身体が動かなくなった。

しばらくして、扉がゆっくりと開き、私のお母さんと同じくらいの年齢の女の人が顔を出した。

「りえさん？」

私は、呼ばれた自分の名前にハッと意識を戻し、

「は、はい」と、高い声を上げた。

その女の人は、やさしい笑顔を私に向けて「どうぞ」と、扉をゆっくりと開けてくれた。

私は、足を踏み出し、窓際のベッドに目を向けた。

そこには、二年前と変わらない彼が眠っていた。

私は「はるきくんですか？」と、女の人に訊いた。

「はい、息子の遥輝です」と、彼のお母さんである女の人は言った。

「今日は、来てくれてありがとう。遥輝がずっとあなたに会いたがっていたから」と彼のお母さんは言った。

「私もずっと、会いたかったです」

と私は、彼のお母さんの目を見て言った。

「遥輝はね、いつもあなたの話をしていたのよ」と彼のお母さんは、微笑んだ。

私は「ええ」と口を開いて、前髪を押さえた。

「ふふ、本当にあなた、遥輝が言っていたとおり、感情が顔に出てしまう子なのね」と彼のお母さんは微笑んだ。

「そんな、あなたの包み隠せない素直な表情に、遥輝は惚れたのかな」

と彼のお母さんは、私の顔を見つめて笑った。

そして、彼のそばまで行き、彼のおでこに手を置いた。

「遥輝はね、『視界が段々と白っぽくなっていく』ってよく言っていたの。次第に学校に通うのも難しくなってね、私が車で送り迎えするようになったの。でもね、どうしてもまた『あのバスで通いたい』って、そう言うから、大きな手術を受けることにしたの。でもね、それは、とてもリスクのある手術でね。もしかすると病気が悪化するかもしれないって医者には言われていたの。それでも、この子は受けたいって言って、『会いたい人がいる』って。それがあなただったのよ。ごめんね、りえさん。あなたに伝えるのが遅くなって、もっと早くあなたと会えていたらね……」

彼のお母さんは、そう言って俯いた。

私は「いいえ、私のほうが連絡先訊かれていたのに、ずっと教えなかったので」と謝った。

彼のお母さんは、首を振って、

「いいえ、この子がね、どうしても、あなたと会うのは、自分の口で誘いたいんだってうるさくてね」と、彼のほほを手のひらで撫でた。

私は、そんな寝ている彼の顔を見て、涙が溢れた。

視界が滲み、病室で眠る彼の姿が段々と見えなくなった。

私は立っていられなくなって、その場にしゃがみ込んだ。

彼のお母さんが、私の背中に手を当てて「今日は、しばらくここに居てあげて」と言った。

私は「はい」と、涙ながらに頭を頷かせて、彼のお母さんが用意してくれた椅子に座った。

「ちょっと、私は外の空気を吸ってくるね」

と、彼のお母さんは病室を後にした。

私は、それからしばらく彼の顔を眺めていた。

窓の外からは、夕方の日差しが差し込んでいて、彼の顔をオレンジ色に染めていた。

私は、彼に話しかけた。

「会いにきたよ」と。

反応のない彼の手に、私は涙を落とした。

「ちゃんと、話してみたかったよ」

私の口からは、溢れんばかりの思いがこぼれ落ちた。

ようやく私は、彼と話せる気がした。

「はるき」

私は、彼の名前を呼んだ。

「はるき」

もう一度、

「はるき」

私は顔を伏せて、震える声で何度も彼の名前を呼んだ。

あの日の、バスの中での景色が、真っ白なシーツに浮かんだ。


「起きてください、遅刻するよ」


俯く私の頭に、人の温もりのような熱が伝わった。

私は、恐る恐る顔を上げた。

「起きてください」

彼が身体を起こして、私の頭に手のひらを載せていた。

彼は、私と目が合うと笑って、

「あ、起きた」

と、あの日と同じ色の笑顔を見せた。

私は、思わず彼を抱きしめた。

強く、離れていかないように、両手を彼の後ろに回した。

そして、彼の名前を呼んだ。

「はるき」

彼は耳もとで笑い声を上げて、

「りえ」

私の名前を呼んだ。

そして、私の身体をそっと離し、目を見つめて、

「ちゃんと思い、届いたみたいだね」

と、笑った。

彼のほほには、涙が流れていた。

「ほんとは、直接言いたかったんだけどね」と、彼は恥ずかしそうに

涙を拭いた。

私も涙を拭いて、

「だいじょうぶ、ちゃんと届いたよ」って、彼のほほを指で撫でた。

「花言葉」

彼は言った。

「ミモザの花言葉」

私は、そんな彼の問いかけに目を見て答えた。

「密かな愛」

彼は頷いて、言った。

「もう、密かじゃないね」と。

そして、笑った。

今度は、彼のほうから私を抱きしめた。

あまりにも強く抱きしめるから、さっき胸ポケットに入れた、花のしおりが飛び出した。

ひらひらと、それは宙を舞い、黄色を輝かせて真っ白なシーツの上に落ちた。

表を向いて、私たちのそばで『ミモザ』を咲かせた。

花言葉は『密かな愛』。

あの日、私たちはバスの中で、密かな愛の蕾を揺らしていた。

「すきだよ」遥輝は言った。

「すきだよ」私も言った。

いまではもう、蕾は開き、花が咲いている。

揺れるミモザの、もうひとつの花言葉、
『真実の愛』が、そこには咲いていた。

おわりに

ここまで読んでいただき、ありがとうございます。
「おわりに」とは言っておりますが、
またお会いできたらと願っております。

本というものは、開く度に、表情を変えます。
もう会えない誰かに、突然会いたくなったとき。
ふと香った空気に、誰かの後ろ姿を漂わせたとき。
忘れていた風景を、アルバムの中で目にしたとき。

あの日、言えなかった言葉を思い出したとき。
ぜひ、またこの本を開いてみてください。
また違う捉え方ができるかも知れません。
本はときに、心を救います。
またここで、あなたとお会いできることを心待ちにしております。
ここまで読んでくださり、ありがとうございました。
どうか、お元気で、またお会いしましょう。

二〇二四年六月　空白代行

#90秒《びょう》で恋《こい》がしたい

2024年7月18日　初版発行

著者　空白代行《くうはくだいこう》

発行者　山下直久

発行　株式会社KADOKAWA
〒102-8177
東京都千代田区富士見2-13-3
電話　0570-002-301（ナビダイヤル）

印刷所　TOPPANクロレ株式会社

製本所　TOPPANクロレ株式会社

ISBN 978-4-04-606931-3　C0093